친절한 피카소

황금알 시인선 43

친절한 피카소

초판인쇄일 | 2011년 4월 19일
초판발행일 | 2011년 4월 30일

지은이 | 이원식
펴낸곳 | 도서출판 황금알
펴낸이 | 金永馥
선정위원 | 마종기 · 유안진 · 이수익
주 간 | 김영탁
디자인실장 | 조경숙
제작진행 | 칼라박스
주 소 | 110-510 서울시 종로구 동숭동 201-14 청기와빌라2차 104호
물류센타(직송 · 반품) | 100-272 서울시 중구 필동2가 124-6 1F
전 화 | 02)2275-9171
팩 스 | 02)2275-9172
이메일 | tibet21@hanmail.net
홈페이지 | http://goldegg21.com
출판등록 | 2003년 03월 26일(제300-2003-230호)

값 8,000원

ISBN 978-89-91601-00-0-03810

친절한 피카소

이원식 시집

황금알

어느 날부터
쓰는 것보다 읽는 것이
읽는 것보다 생각하는 것이 좋아졌다.
곧 뒤바뀔 답보踏步.

버리지도 못하고
쌓일 것만 같은 짐, 미망迷妄.
이 부끄러운 세 번째 시집.

2011년 봄
이원식

차 례

2부

3부

4부

5부

1부

따뜻한 절밥

겨울 산
텅 빈 암자
불영佛影에 비친
환한 미소

새들이
물어오는
햇살 한 줌
권하고 있다

칠금빛
소담한 공양供養
마음 속
업業 한 그릇

만다라의 품

노점상인 몇이 모여
점심을 먹습니다

간간이 던져주는
밥술 혹은 반찬 몇 점

하나 둘 모여듭니다
동네 새들
고양이들

아름다운 비상飛上

만트라mantra!
귀를 여는
청량한 풍경소리

가슴 속 나비 한 마리
다소곳이
눈을 뜬다

손 모은 아침이 오면
꽃밭 가득
우담바라

친절한 피카소

암자 뒤란 눈밭 캔버스
물음표 찍고 갑니다

노스님 미소 뒤엔
모락모락 공양 한 술

산새들 날아듭니다
입을 모아

뭐꼬
뭐꼬

동네 한 바퀴

비단 꽃길 아니어도
아름다운 길이 있다

손 내밀지 않아도
잡아주고 가는 바람

하늘을 바라다본다
길 비추는
새들

길상吉祥

불후不朽

바람의 무언가無言歌에
꽃들은 피고 진다

내연內緣의 향기조차
소유할 수 없는 풍연風煙

꽃잎이 지려나 보다
어렴풋한
파도소리*

* 불가佛家에서 부처님 말씀을 조수潮水소리에 비유한 말. 해조음海潮音.

통문通門

마른 잎 새가 되어
빈 하늘을 두드린다

어디가 안이고
어디가 바깥일까

소매 끝 감추는 점두點頭
붉어지는
풍경소리

---

* 통문通門: 가사袈裟를 지을 때 폭을 겹으로 하여 바느질한 사이로
이리저리 통하도록 낸 구멍. 콩알을 넣어 사방으로 굴려서 막히는
곳이 없도록 함. 통문불通門佛.

작하도 雀下圖

낙엽이
아니었다
길을 여는
참새들

빈 가지
수런거리는
새들 아니
선객禪客들

먼발치
뒤돌아보면
내려앉는
불립不立들

아주 가벼운 외출

엘리베이터 천장 위에
늙은 거미 한 마리

텅 비우고야 껍질 속으로
한 올 바람이 인다

누군가 외마디 비명!
부처를
만난 걸까

무리수를 두다

향을 싼 종이에서
향내가 난다더니

다포茶布를 담근 물이
그대로 찻빛이다

불현듯 그 물속으로
뛰어드는
벌레 한 마리

나무물고기

다 비우고
연緣 끊으면
새가 될 줄
알았는데

돌아보는
그 순간
천 갈래
강江이었다

한 송이
공화空華였구나
산방山房에
비 오시려나

성^聖 무당벌레

유리창을 맴돈 지
얼마나 지났을까

창문을 두드리며
길을 묻는 빗방울 소리

껍질만 남을 때까지

위빠사나
위빠사나

두 번째 허물

천애天涯의
찬 이슬에
눈멀고
귀먹은 날

가슴 속
피어나는
피안彼岸의
푸른 종소리

산문山門 밖
매미 한 마리
차안此岸의 옷
벗고 있다

저녁예불 소리에

목어 뱃속 숨은 거미
해조음에 귀 세우고

공양마저 힘에 겨운
늙은 개는 턱을 괸다

수미산 서쪽 하늘로
붉게 지는
연기緣起들

안압지화연雁鴨池化緣

청맹靑盲의 목선木船 아래
눈물 감추는 연서戀書 한 장
육신을 벗어놓고 연못 속을 헤집어도
바람에 그저 떠도는
버들잎의
그림자일 뿐

리몽 앞을 서성이다
— 척송 송명진 시인을 생각하며

시인이 머물던 자리
시인이 다가갑니다

붉은 벽돌 창가에는
귀잠 든 담쟁이덩굴

여보게!
뒤돌아보면
날아가는
빈작賓雀 한 마리

* '리몽LeeMong'은 문예지 '정신과표현'의 발행인 겸 주간 척송尺松
송명진 시인이 운영하던 북갤러리 카페 이름이다. 송명진 시인은
2010년 1월 흰눈 가득한 날 세상을 떠나셨다.

2부

침향沈香의 뜰

비바람에 이끌려
환속還俗하는 꽃잎들

천 개의 가지마다
천 개의 젖은 수화手話

홀연히 미명未明을 물고
길을 여는
흰 비둘기

솔베이지의 노래

가슴 속 작은 화단
무서리가 내린다

꽃도 풀도 벌레들도
내생來生을 꿈꾸는 시간

은입사銀入絲 꽃잎을 혜는*
어느 할미의
기침 소리

* 혜다: 고어古語. 헤아리다[量].

강물 보법步法

꽃 피는 계절에도
머물지
않았습니다

봄 여름 가을 겨울
바람이
일러줍니다

물위에 비친 세상은
동행同行할 수
없다는 걸

하적下跡

흰 꽃의 정령精靈들이
밤새 몸 낮춥니다

새 아침 천변川邊 눈밭
하얀 만다라 위로

총총총
생生을 가르는
물오리의
발자국

공화 空華

반쯤 헐린
담장 아래
누렁이
빈 밥그릇

사흘을
울고 떠난
낙숫물
고여 있다

눈물이
마를 때까지
떠도는
꽃잎 한 장

수묵水墨을 치다

지난 밤 쌓인 눈밭
요란한 비질 소리

사람들 필묵筆墨이 되어
선線과 획劃을 긋고 있다

새하얀 화선지 위에
피어나는
묵향墨香

길

날아가는 성좌_{星座}

흰 새가 묻힌 자리
꽃 한 송이 피었습니다

하나 둘 지는 꽃잎
천계天界로 날아갑니다

흰 새가 꽃이 됩니다
그 꽃 다시 새가 됩니다

귀소곡歸巢曲

허공에 꽃수繡를 놓아
바람결에 띄워본다

한 자락 볕뉘에도
가슴을 베이는 새

새장 속 붉은 목소리
그 꽃잎 지나보다

길에서 만난 시인

빗방울 속 늙은 지렁이
한 줄 시를 쓰고 있다

오래전 잇사의 시*에
화답和答하려 하는 걸까

오롯이 귀 기울이면
빗소리
아니 눈물

* 고바야시 잇사(小林一茶: 1763~1827)는 일본 근세의 대표적 하이쿠
시인이며, '늙은 개가/ 지렁이 울음소리를/ 진지하게 듣고 있네'라는
작품이 있다.

소나기

불혹不惑의 잎을 떼는
옛집자리
나무 한 그루

여미어 딛는 걸음
연둣빛
한 올 숨소리

살며시 내민 손끝에
쏟아지는
반생半生의 눈물

극명克明

낮달을 쪼아 문
새들이 날아간다

파행爬行하던 벌레 한 마리
고개 들어 두리번

누흔淚痕을 떼어준 하늘
파랗다
참 파랗다

뒤란 무지개

황혼의 의자 위에
내려앉는 날개들

의자는 눈을 감고
바람의 시 들려줍니다

지순한 하늘의 묵례默禮

일곱 빛깔
곡진曲盡한 눈물

가만히 들여다보면

눈물방울 그 속에도
꽃들이 피어있다

내 안의 붉은 장엄莊嚴
건네지 못한 꽃 한 송이

한 순간 핑 도는 고절苦節
곧 잊혀질
자화상自畵像

미완未完 크로키

무심히
불러보는
거리에서*
한 소절

파묵破墨으로 피어나서 또 그렇게 손 내밀던

불혹不惑의 잔盞을 비운다

손 흔드는
반하꽃

* 가수 김광석의 노래 곡명.

간선로幹線路에 핀 꽃
— 로드 킬

꽃잎 하나
떼어내어
지등紙燈 밝힌
달맞이꽃

하전한
눈동자 가득
별빛이
고여 있다

별이 된
비둘기들이
꽃 보러
왔나보다

수고했다

좌판 한켠 쭈밋*한
팔고 남은 귤 몇 알

퀭한 두 눈 깊숙이
멍들고 깨진 생生들

입 속에 까 넣어본다
핑 도는
금빛 눈물

* 쭈밋: 북한어北韓語. 무엇인가 하려다가 문득 망설이며 머뭇거리는
모양.

3부

나비를 보는 할머니

날려가지 않으려는
꽃잎 위의 하얀 나비

천애天涯의 환幻이 되어도
어찌 못 할 저린 명치끝

하현下弦의 뺨을 오가는
손에 꼭 쥔
강물 한 조각

벚꽃 한 줌

따스한 봄날 공원
개와 개가 마주쳤다

짧은 정적 사이로
쏟아지는 하얀 환생幻生

서로는 눈가에 맺힌
요람 속에
나부꼈다

등나무가 있는 벤치

바람소리 사이로
아주 가벼운 두드림

음영陰影에 갇힌 마음
누굴까 돌아보니

덩굴손 식지食指 하나가
하늘을 보라 한다

묵회默會

긴 하루
물고 가는
전동차
붉은 굉음轟音

갈숲 속
물오리들
모진 깃만
추스를 뿐

듣고도
아니 들은 듯
보고도
아니 본 듯

하얀 연서戀書

그대 이름을 들려주는
매화나무 한 그루

나는 아니라 해도
바람이
사랑이라 한다

하얗게 날리는 꽃잎
그대 지금
보고 있을까

설묘도雪猫圖

입김보다 가벼운
하얀 강을 딛는다

두 뺨 가득 고이는
어느 전생의
영혼들

세상은
애련哀憐의 꽃밭
꽃발자국
피고
지는

견고한 조율調律

비바람이 멈췄다
자줏빛 강물소리

햇귀를 삼킨 물오리들
눈과 귀를 씻고 있다

물속에 잠긴 하늘로
미망迷妄을 지우고 있다

아름다운 이후以後

꽃잎 진 그 자리를
돌아본 적 있던가

찾는 이 하나 없어도
손 흔드는 나뭇가지

한 조각 하늘을 물고
내려앉는
새,
새들

사과꽃

꽃을 닮은
누군가가
올 것만
같았습니다

어깨 짚는
외등 불빛
자리 못내
일어섭니다

온기만
남은 벤치에
꽃그림자
다가옵니다

고사목枯死木

어둠 속
길을 물어
안겨든
그림자 하나

못내
눈물로 남은
꽃잎,
꽃잎이었다

미망迷妄의
저민 시어詩語들
아침이면
입술 깨물

내일來日

화단 속 쑥부쟁이
하늘을 보고 있다

귓가의 발자국소리
이승을 딛는 파도소리

꿈에 본 그리운 나라
그 바다를
향하고 있다

유쾌한 품앗이

노점상 할머니에게
만 원짜리 이불을 샀다

깎지도 않았는데
팔천 원만 받으신다

베개피 오천 원짜리
얼른 만원 드리고 왔다

생각하는 꽃들

소나기
방금 그친
버스정거장
처마 밑

사람들
머리 위로
폴폴폴
나비 한 마리

애틋한
날갯짓 따라
수繡를 놓는
눈,
눈빛

손 없는 날

달빛으로
곱게 엮은
통점痛點들이
흔들렸다

그림자 속
맴도는
부처를
본 것일까

지주蜘蛛는
보이지 않고
빈 바람만
넌출 넌출

일휘一揮

바람의 무진無盡을 뚫고
날아가는 새 한 마리

하늘도 또 하나의 새장
허공을 가르는 말씀

입에 문 눈물방울로
한 일자一字를 쓰고 있다

잠자리, 높이 날다

앉으려 앉으려다
분꽃 위에 앉았다

힘껏 날아오르려다
솟대 위에 앉았다

얼마나 높이 날아야
하늘 위에 앉을까

4부

볕뉘 속의 생生

해질녘 꽃밭 한켠
검버섯 핀 할머니

하루는 웃음 짓고
하루는 눈물짓고

꽃들은 그대로인데
피고 지는 그림자

꽃 없는 꽃길

보도블록
반흔瘢痕의 길
한때는
꽃밭이었다

언젠가
이른 아침
유심幽深한
기억 한 장

꽃들은
알고 있었다
미소 속에
맺힌 눈물

황진이 채문彩文

꽃 지고
아문 자리
은잠銀簪에
비친 눈물

꽃만
꽃이 아니라
꽃자리도
꽃이었다

한 자락
치우궁상각徵羽宮商角
바람마저
꽃이었다

달과 홍시

바라보는
눈동자가
얼마나
그윽한지

우듬지
심장 하나
하염없이
붉어집니다

보사삭
들릴 듯 말 듯
길고양이
발소리

솟대를 위하여

이른 아침 공원 한켠
팔순의 백발노인

솟대 끝 목각 새의
계명성鷄鳴聲을 듣고 있다

은백의 뼛속에 돋는
이슬 맺힌
깃털 하나

산화散華

아무런 이유 없이
퍼붓던 비
그쳤다

어둠을 밟을수록
소소昭昭해지는
낙화 향기

지우지 못한 기억들
벤치 위가
흥건하다

미간眉間 속의 중랑천

창 틈새를 비집는
비릿한
바람 소리

갈숲 사이 손짓하던
물오리의
놀빛 울음

어둠이 짙어갈수록
질주하는
트럼펫 소리

사랑했으므로

취기 오른 한 사내
하얀 꽃을 보았다

게우려던 쓴 하루
애써 입 틀어막고

달빛에
잠든 꽃밭을
벗어나고 있었다

어느 여름밤 일기

한낮의 매미울음이
제 몫의 지절至切이라면

한밤의 매미울음은
누구를 위한 울음일까

잠 못 든 허상虛像을 위한
볼멘 독백獨白은 아닐까

그림자 기호記號

초등학교 한쪽 구석
낡은 일기도 칠판

흐릿한 지도 속에
먹감빛 곡선曲線 하나

바람이 일러줍니다
뭇 새들의
눈물길

플라타너스의 위로慰勞

커피색 손끝으로
어깨를 두드려도

가을을 앓는 사람
돌아보지 않는다

한없이 접는 날개들

피아니시모
피아니시모

겨울 속의 답청踏靑

기억하고 있었다
눈길 가르는
부표浮漂

재활용품 수거장
길고양이의
언 지문들

버려진 그림 액자 속
개나리꽃
한 다발

흘러가는 꽃상여

천변川邊 풀잎들이
옷깃을 여미는 아침

꼬리에 꼬리를 문
물오리 눈이 붉다

물낯에 어리는 하늘
네 깊은 곳에
꽃 그림자

네거티브

거대한 트럭만큼
방점傍點또한 선명했다

도로변 토사물 옆에
모로 누운
검은 비둘기

가로수 하얀 벚꽃잎
하염없이
쏟고 있다

삼동三冬

떡볶이 시켜놓고
사진 한 장 찍습니다

어묵 국물 뽀오얀
아지랑이 사이로

한순간
보일 듯 말 듯
붉은 한숨
폈다 집니다

새벽 주점을 나서며

떨어질 듯
피어있는
진겁塵劫의 꽃 한 송이

낯설지 않은 기억
알바생의
지친 눈동자

잘 익은 고기 몇 점과
소주 한 잔
남겨 둔다

5부

하얀 샤콘느

낯설기에
아름다운
내원內苑에
눈 내린다

즈믄날
상처들을
묵음黙音으로
깁는 손길

몇 생生을
날아온 새 한 마리
옥새玉璽를
찍고 있다

사랑을 위한 오브제

고요한 호수*
그라치오소grazioso
파랑새가
날고 있다

한 잎 한 잎 갈앉는 세연世緣
옛 기억을 깁는 달빛

세상에
단 하나 뿐인
얼굴 하나
그리고 있다

---

* 유키 구라모토(倉本裕基)의 피아노 곡명. 원제는 'Calming(Medicine)
  Lake'.

세 명의 악사

머릿속을 맴도는
큐비즘Cubism의 꽃잎들

몰아沒我의 보헤미안은
블랙홀을 걷고 있다

눈 감고 집어든 음반
재즈 아님
블루스?

* 세 명의 악사: 피카소의 1921년 작품명. 원제는 'Three Musicians'.

데칼코마니

살얼음 물길 따라
먹이를 찾는
새끼 물오리

저만치 어미 물오리
눈시울이 붉어있다

산책길,
길 멈춘 모녀母女
두 숨소리 젖어있다

닭을 위하여

깃을 터는 새 한 마리
가릉迦陵을 꿈꾸었다

반쪽의 시린 무게로
날마다 푸른 비상飛上

우렁찬
새벽 아리아
피치카토*
꼬끼오—

* 피치카토pizzicato: 현弦을 손가락으로 퉁겨 연주하는 주법.

자화상

섣달 그믐 이슥토록 취기 오른 신작로를

스물한 살 눈시울로 걸어보고 있었지

어깨가 으스스하여 불혹의 옷 여미면서

정중한 부탁

섭리를 잊은 잎새
미련을 놓지 않네

고개 내민 봄날에
머물 수만은 없겠지

새 인연 돋아날 자리
아름답게 비워주길

동네 할머니의 대답

이삿짐
떠난 자리
신문지만
덩그러니

폐지 줍던
그 할머니
어디 가셨나요
물음에

뾰족한
지팡이 끝으로
하늘 향해
쿡! 쿡! 쿡!

별미別味
— 스카이라운지에서

눈물이 핑 돌았다면
저 하늘은 믿어줄까

하얗게 핀 구름 한 접시
가슴은 기억하겠지

쓰지도 달지도 않은
애틋한
불혹不惑의 맛!

당신의 일식 日蝕

삼키고 다시 뱉는
세상은
작은 물거품

지친 수초水草 소매 끝에
배어있는
눈물자국

어항 밖 붕어 한 마리
지느러미를
감추고 있다

버려진 항아리

저기 저 빈 잔盞 속에
무엇이 담겨있을까

보내지 못한 달빛과
허기를 달랜 별 몇 개

깊은 곳 아련한 인등引燈
궁리窮理인 듯
맺힌 이슬

사부곡思父曲
— 모놀로그

거울 속 내 모습은 내 나이의 아버지였다

겨운 말씀 하시려다 하시려다 머금고 마는

한없이 저미는 가슴 잊혀질까 웃고만 있다

비둘기 아틀리에

사르르
벤치 위에
가벼운
깃털 하나

바람의
몸짓으로
채색하고
지워가는

세상은
거대한 화폭畵幅
아프로디테의
눈동자

피리어드period

꽃밭에 내리는 눈
꽃으로 피어나고

강물에 내리는 눈
강물이 되어 흘렀다

가슴을 파고드는 눈
눈물 주룩
별이 되었다

지천명知天命

씻으려던 커피 잔에
옹기종기 모인 개미

인등引燈 밖 미물이어도
그 마음 안아야할 때

천천히 맛보고 가렴
슬몃 다시
놓는 잔

오늘, 전환轉換

마로니에 수줍은
혜화역 2번 출구

독백獨白을 간직한
일곱 번째 가로수

내 붉은 심장을 향해
달려오라

새떼여!

해설

너는 무엇을 보았음을 나에게 이르는가

정 윤 천(시인)

1.

유리창을 맴돈 지
얼마나 지났을까

창문을 두드리며
길을 묻는 빗방울 소리

껍질만 남을 때까지

위빠사나
위빠사나

– 「성聖 무당벌레」 전문

어느 눈 밝은 혜안에게 얻어 걸리면 이런 따위의 논
조는 초장부터 박살이 날지도 모른다. 그만큼 자신의

눈앞에 가로놓인 본래의 뜻이 되었거나 의미를 헤아린 다는 일은 막중하고도 신중해야 할 치심治心의 방편이자 두렵기도 한 일이었다. 그런 위험을 모험처럼 무릅쓰 며 필자는 지금부터 이원식 시인의 제 3시조집『친절한 피카소』에 깃들어 있는 이경의 시간 속을, 어슬렁거림 에 다름 아닐 걸음으로 걸어가 보기로 한다. 부디 알아 차릴 수 있을 만큼만이라도 '보이기'를 바란다.

"위빠사나"는 참선의 의미와는 사뭇 다른 경계에 있 는 어의語意라 하였다. 매순간에 처한 스스로의 몸과 마음을 직시적으로 관觀하고자 하는 정념에의 매달림 같은 것. 그런 높고 쓸쓸한 명상의 지경으로, 눈과 마 음 앞에 걸려 있는 자신의 소행이자 저의까지를 있는 그대로 보려 한다는… 그러니 나는, 나의 주인이자 하 인도 될 수 있는 '너'를 통하여 무엇을 보았음(구했거 나)을 나에게 이르려 하고 있었는지 혹은 이르며 있었 는지.

한 가지의 똑같은 사실에서도 그걸 바라보는 눈과 마 음의 숫자만큼이나 다양한 견해와 오해의 바다에 빠질 수 있음을 이르거나 경계하는 말 "위빠사나"는, 한편으 로 '정신을 좀 차려라'는 일갈로 대신해도 좋을 이즈음 시단의 히스테리적인 시詩쓰기와 시詩 보기의 잣대들 앞 에서도 낭창낭창한 회초리가 되어 주어도 괜찮을 것 같 은 시구로 읽혀져 왔다.

필자의 입장에서는 아마 첫 대면이나 다름없는 그의

시조 「성聖 무당벌레」는 그렇게 두어 가지 면에서 새로 움과 가능성을 안겨 주었다. 하나는 시조단이 말하는 시조의 현대성이거나 현실참여의 문제 등이 그렇게 요원한 일만은 아니었구나 하는 바라봄이었으며, 특히 다른 하나는 그 작품을 에워싸고 있는 한 시인의 언술 속에서, 시로 구현된 '위빠사나'로 인한 소름이 돋는 것 같은 인화의 시간을 바라보았다는 점이었다.

무당벌레 한 마리 유리창에 날아와 박힌(!) ─ 사실은 그 자리에서 육탈되어 껍질만 남아 있었을 것 같은, 누구나 한번쯤 마주쳤을 법한 그런 순간에의 각성 하나가, 시인의 촉수에 걸려 필연처럼 시의 순간으로 발화되어 있음을 보여 준다. "창문을 두드리며/ 길을 묻는 빗방울 소리"라니, 이쯤 되면 무당벌레는 이미 빗방울이고, 빗방울이 무당벌레가 되어있었던 셈이다. 합일이고 분열이다. 아니다. 둘 다 그런 게 아니어도 크게 상관이 없어질 것 같다. 어떤 경계의 극한이라는 것은 사실상 세간이 출세간이고, 출세간이 이미 세간이 되어 있었던 것 아니었겠는가. 다만 그의 시행은 시행다운 위의로써만 문득 거기에 서서 제 자리를 간직해 주고 있는 중이다. 언제 어디서든, 말로써 끌고 가는 시의 강을 따라 걷다가 저런 말의 한 풍경을 마주치게 되면 누구든 그 말과 시로써 잠시 평안해져 버려도 괜찮으리라.

자유시와 시조의 영역을 넘나들며 시의 도량에 주저 앉아 시의 "위빠사나" 삼매에 든 이원식 시인의 세번째 시조집의 원고 『친절한 피카소』는, 무슨 인연의 겹을 지나서 지금 내 눈 앞에 펼쳐져 있다는 것일까.

지난 2004년 『불교문예』로 등단하여 시작활동을 해 오던 이원식 시인은 이듬해 『월간문학』에 시조를 발표 하며, 오히려 시조시인으로 활발한 문명을 쌓아온 이 력이 역력해 보인다. 그간 두 권의 시조집을 세상에 선 보였다. 1집 『누렁이 마음』 그리고 2집 『리트머스 고양 이』에 이어서, 이번에 출간되는 『친절한 피카소』 역시 그가 어디선가 무언가를 보았음을 전하는 단형의 예리 한 '글의 집'이다.

별다른 뜻 없이 무당벌레의 운으로 졸고의 문을 열었 는가 싶었는데, 웬일인지 제1집의 행간에서도 "무당벌 레"가 들켜온다. 흥미로움 삼아 건너가 보기로 하자.

유리창에 갇히어
박제가 된 무당벌레

화려한 계절은
아쉬움만 남기고

창 열자 꽃잎이 되어
날아가는

칠보단장七寶丹粧

-「풍장風葬」 전문

그러므로, 이 두 시조 사이의 간극을 그의 시조행의
지난한 행려로 읽어도 무방할는지 모르겠다. 위에 있
는 시는 깊고, 아래의 시는 아름다워서 함부로 우열을
논하기는 어려우나 필자의 감식안으로는 위 시가 더
고요롭다.

하지만 창틀에 갇힌 한 점박이 곤충의 사체 곁으로
'바람'의 손짓이거나 입김을 불러 내와서, 참, 장엄하고
도 간결한 소멸의 순간을 매듭짓는 그의 솜씨는 이미
그가 어쩔 수 없는 생래적인 시인의 기질이었음을 여실
하게 들켜주고 있다. 칠보단장의 무지개 꽃잎. 한 시인
의 눈매가 우물처럼 깊거나 눈보라처럼 슬펐거나 가벼
워보지 않았다면 한사코 이룰 수 없는 갸륵한 표현은
아니었겠는지.

이원식 시인이 건너가는 '말의 길'에는 늘 불가佛家적
요소의 바탕들이 그림자처럼 깔려져 있다. 즉슨, 스스
로의 비루함을 먼저 인정하고 마음을 내려 하심下心만으
로 이 길에 드는 것이 불가적 요소의 속성일 수 있어
보인다. 그러니 사람들은 절에 가서 부처님의 형상만
일지라도 그 앞에서 깊게 깊게 엎드려 절을 올린다.
"귀의 할랑께 받아주란 말이요."하고 말이다. 이럴 때

는 저 어렵고도 오묘한 법문이거나 경문 같은 건 그 다음의 일인지도 모른다. 그저 한번 낮아져 보거나 둥그러워져 보는 일. 그러고만 싶은 순간 속으로 드리워지는 쳇바퀴를 닮은 원圓의 가슴의 현현이라면, 그것만으로도 벌써 어리석고 죄가 많은 속인이며 속속인들에게 불가는 얼마든지 위무와 화해의 악수를 맞잡게 하기도 하고, 때로는 태어나고 소멸되는 생과 멸의 문제에 얽힌 별의별 치사함과 존엄함에 대해서 사유하게 하는 빛나는 구중심처이고도 남음이 있을 것으로 여겨진다. 따라서 불가의 안쪽은 늘 난해하거나 너무 심각해 보이기도 하지만 그 집에 드는 대문의 문턱은 나지막하게 항상 열리어 있었을 것이었다. 암만, 여기에도 그런 되나쾌나한 찰라의 시조 한 편이 새초롬한 얼굴을 내밀고 있었다.

노점상인 몇이 모여
점심을 먹습니다

간간이 던져주는
밥술 혹은 반찬 몇 점

하나 둘 모여듭니다
동네 새들
고양이들

－「만다라의 품」전문

여기에 대고 무슨 해설이며 사족이 필요하겠는가. 이원식 시인이 이르는 생의 순간들에 기반을 둔 불가적인 고백의 영성은 그만 그만 키 작은 꽃나무들 같은 "만다라의 품"으로 도처에서 출몰하고 있다.

한 가지 더 재미있는 사실은 이 시행들이 다시 표제작품이기도 한 『친절한 피카소』에 와서, 새들에게 고양이에게 밥술을 나누어 주는 노점상인들을, 영락없는 노스님 삼아 옷과 장소만 바꾸어 입혀서는 암자 뒤란의 눈밭 캠퍼스에 '미소' 물감으로 한 그림을 지어놓게 하고 있다는 점이다. 산새들이 잔뜩 날아와서 "뭐꼬 뭐꼬" 찍어 먹고는 돌아가느니, 입가에 절로 미소가 피어나게 하는 영롱한 순간을 안겨준다. 이것 역시 그가 설하는 불가적 요소의 한 방편으로 드러난다.

암자 뒤란 눈밭 캠버스
물음표 찍고 갑니다

노스님 미소 뒤엔
모락모락 공양 한 술

산새들 날아듭니다
입을 모아

뭐꼬
뭐꼬

－「친절한 피카소」 전문

2.

시를 재봉한다는 일의 고단함 속으로 얼비쳐 드는 불
교적 사유의 너비와 행간. 통문 通門이라는 제하의 시조
에서는, 통문에 대한 해설이 달려있다. "가사를 지을
때 폭을 겹으로 하여 바느질한 사이로 이리저리 통하도
록 낸 구멍. 콩알을 넣어 사방으로 굴려서 막히는 곳이
없도록 함.(通門佛)."

마른 잎 새가 되어
빈 하늘을 두드린다

어디가 안이고
어디가 바깥일까

소매 끝에 감추는 점두點頭
붉어지는
풍경소리

－「통문通門」 전문

사실 이 시행들이 가리키는 손짓의 저쪽은 위에 처한 시행들에 비하여 다소간 어렵게 다가온다. 행간이 문득 넓어져서 우원해 보이기 때문이다. 이렇듯 이원식의 시 세계는 인류사 이래 한 꼭짓점을 이룬 사유계의 총체이기도 하였을 불교관의 서정에 이마를 기대며 있다. 거기에서 그는 어떤 빛깔의 색과 향을 더는 구하고자 하는 것인지.

　애초부터 불교라는 어원은 부처님의 설법이라는 뜻과 부처가 되고자 하는 수행의 과정이란 의미가 함께 포함된 것이라고 한다. 우리가 알고 있었거나 짐작하는 '일체 석가모니불'(불교라는 단어 일체가 석가모니화 되어있는)과는 다소 차이가 나는 이야기일 수도 있다. 불교는 그렇게 석가의 탄생 이전에도 포교가 이루어지고 전파가 되어 왔다는 사실이다. 다만 불제자의 한 사람이기도 하였을 석가의 존재와 훈향이 그가 머물다간 자리의 뒤에서, 아직도 그치지 않는 지고한 그리움과 절대의 신성으로 기념되기도 추앙 받기도 한다는 사실이다. 그러니 이것은 인류의 가슴이 간직한 한 아름다움의 천착에 대한 꼭짓점일 수도 있었다.

　시를 바느질하는, 저다지 통문의 순간을 기리는 시인의 자리에도 작은 깨달음의 신성은 와서 임하는 것일까. 무섭도록 까마득한 시 한 편을 문득 이 곁에 놓아 보기로 하자.

향을 싼 종이에서
향내가 난다더니

다포茶布를 담근 물이
그대로 찻빛이다

불현듯 그 물속으로
뛰어드는
벌레 한 마리

　　　　　　　　－「무리수를 두다」전문

  그렇다면 솔개의 소나무 그림에 새가 와서 앉았다는
전설에 다름 아닌 장면 같은 걸 이원식 시인의 시는 재
현이나 하고 있었다는 말인가. 찻빛 물속으로 뛰어든
그 벌레는 평소 차를 즐기는 벌레였을까. 아마도 아닌
것 같았다. 조금만 비켜 앉아 들여다보아도 그게 아님
을 알 수 있었다. 이건 벌레의 시가 아니라 사람(자신)
에 관한 시였음에 틀림없어 보인다.

  "무리수"를 두었던 어느 어리석었거나 허무맹랑하였
을 지점의 통회를 다만 그렇게 옮겨 적었을 것이다. 이
원식 시인은 "위빠사나"가 바로 서지 못한 순간들의 경
계를 "무리수"로 환치하여 자꾸만 읽어내고 있었던 것
이다. 그렇다면 이제 그렇게 이원식 시인의 시의 "바느

질"이나 "위빠사나"의 정체는 들켜오기 시작한 셈인지
도 모른다.

> 꽃 피는 계절에도
> 머물지 않았습니다
>
> 봄 여름 가을 겨울
> 바람이 일러 줍니다
>
> 물 위에 비친 세상은
> 동행同行할 수
> 없다는 걸

– 「강물 보법步法」 전문

　그는 그렇게 시와 더불어 제 생의 당면한 길을 가고
또 그렇게 자신의 시업의 제 시간들을 건넌다. 걷는다
는 표현이 더 적확할지도 모르겠다. 머리에는 희대의
정신을담고, 다리에는 "강물보법"을 불러들여서, 그리
하여 그의 불교사유의 도타운 근간은 지루하거나 따분
한 '불교예찬'의 방식이 아니었음을 간단없이 깨닫도록
하여주고 있다. 물 위에 어리는 그림자 세상 따위의 속
으로는 걷지도 걸을 수도 없겠다는 각성의 그때를 위하
여 이원식 시인과 그의 시는 "총총총/ 생을 가르는/ 물
오리의/ 발자국"(「하적」)이 되어 시와 함께 더불어 가는

먼 길 위에 나섰다.

        반쯤 헐린
        담장 아래
        누렁이
        빈 밥 그릇

        사흘을
        울고 떠난
        낙숫물
        고여 있다

        눈물이
        마를 때까지
        떠도는
        꽃잎 한 장

                              －「공화空華」 전문

  비어있음과 빛남의 공존. 빈 하늘엔 가끔 달이 떠서
가난한 것들의 머리 위를 비춘다. 그것도 한 공화의 순
간임에랴.

3.

　전체 5부로 꾸며진 시조집 안의 시들은 차츰 후반부로 오면서, 많은 시의 소재들이 한마디로 삶이라는 말로 통칭할 수 있는 '생활'과 '자연'으로도 진로를 바꾸는 것을 여겨볼 수 있다. 어떤 예술의 영역에서도 '당대의 상상력'이자 바라봄이 자리하지 않으면, 그것은 마치 '달나라의 장난'처럼 위험해질 수 있는 독성을 가질 수 있음을 경계할 때. 이원식 시인이 당대를 호흡하는 한 사람의 시조인으로서도 믿음직한 부분들을 여기에서 만나도록 하여준다.

　　　좌판 한켠 쭈밋*한
　　　팔고 남은 귤 몇 알

　　　퀭한 두 눈 깊숙이
　　　멍들고 깨진 생生들

　　　입 속에 까 넣어본다
　　　핑 도는
　　　금빛 눈물

　　　* 쭈밋: 북한어. 무엇인가 하려다가 문득 망설이며 머뭇거리는
　　　　　　모양.

　　　　　　　　　　　　　　　－「수고했다」 전문

이 시조는 무엇보다 제목이 참 이채롭다. 귤에게, 쭈 밋한 것들에게, 그것도 팔다가 남겨진 못난이들에게, 퀭한 두 눈에게, 멍들고 깨진 생들에게. "수고했다"라 고 건넨다. 대개의 경우 '수고했다'라는 인사는 작별의 순간을 대신하기 십상이다. 등을 한 차례 토닥여주거 나 가볍게 손을 잡아준 뒤에 돌아서 가기 위한 준비 단 계의 행동으로 보여지곤 한다. 그런데 그는 그렇게 하 지 못한다. "입 속에 까 넣"고 "핑 도는" "금빛 눈물"을 맛본다. 생을 대하는 자세, 주위의 슬픔과 불우에 동참 하는 포즈. 이럴 때의 그의 시행은 어쩌면 참 스스로 "수고"로웠을지 모를 시인된 자의 모습을 반추하여 주 기까지 하고 있다.

3부와 4부로 이어지는 시들의 말미에 와서 어쩐 일 인지 그의 시는 잠시 '아름다운' 순간들을 포착하기 시 작한다. 두리번거린다. 단형의 정형 율조에선 놓치기 쉬운 유연하고 포만한 시행들마저 기민한 그물질로 포 획하고 있는 중이다. "손에 꼭 쥔 강물 한 조각" "나는 아니라 해도 바람이 사랑이라 한다" "꽃잎 진 그 자리 를 돌아본 적 있던가" 등등의 화려한 문체들이 출몰하 기 시작한다. 하지만 그 속에는, 음영. 애련. 미망. 같 은 단어들이 지척을 기웃거리면서 어쩔 수 없는 계면 의 정조를 한 구석에 배치하는 섬세함마저 선보여 주 고 있다. 어쩌면 누구든지 아름다움의 진수를 취하려면 비애의 달밤을 건너 저 물레방앗간 너머까지 한번은 걸어갔다 와야 하리라는, 시에 대한 숙명의 모습을 보여주고 있었다는 것이렸다.

생의 낮은 자리를 배회하는 그의 심성이 자리한 한 편의 시조에도 여전히 그가 맺혀 있다. 알겠다. 아름답다는 말은 어떻게 오고, 그 속에는 적당한 음영, 적당량의 애련 또한 미망처럼 자리하고 있어야 한다는 것을… 그리하여 필자는 독자들에게 한 차례 묻기로 한다. 아래의 시행들을 지나면서 그대들도 "유쾌"한가라고… 유쾌함이 보여지는가라고…

> 노점상 할머니에게
> 만 원짜리 이불을 샀다
>
> 깎지도 않았는데
> 팔천 원만 받으신다
>
> 베갯피 오천 원짜리
> 얼른 만원 드리고 왔다
>
> ─「유쾌한 품앗이」 전문

이번에는 다시 시인 이원식에게 묻기로 한다. 생이 다소간 유쾌해질 수 있으려면, 너나들이로 이천 원 쯤, 삼천 원쯤 "깎지도" 부르지도 않았는데 알아서 건네주는 일이었더냐고, 그런 "품앗이"였던 것이냐고.

이렇게 읽으면, 이원식 시인의 제3시조집 『친절한 피카소』를 관류하는 그의 시의 고독과 정신 그리고 성취는, 시 이전의 시. 시 이전의 생. 그리고 그보다 앞장머리에 서 있을 만물을 향한 관용과 사랑에 관계하는 지극정성의 '말의 집'일 것이었다.

시집의 종장에 해당하는 5부에 자리 잡은, 그의 지성과 현대성이 상존하는 시행의 면면들은 눈 밝은 독자들의 몫으로 남겨두기로 하고, 우선은 주마간산에 다름없는 필자의 터무니없이 허약한 시 읽기의 고투를 서둘러 이쯤에서 마감할까 한다. 그가 부박한 작금의 시단에 의미 있는 한 봉우리의 시인으로 두둥실 떠오르기를, 그리고 여기에 더하여 자신의 작업에 대한 정진에의 수고를 마다하지 않을 것을 축원하기로 한다.

마치는 시편 하나를 남아 있는 원고에서 골라내었다. 그가 시행으로 건져 올린 "피어리드"는 "꽃밭에 내리는 눈/ 꽃으로 피어나고// 강물에 내리는 눈/ 강물이 되어 흘렀다"(「피어리드」)고 하는데, 필자는 왠지 졸고의 "피어리드"로 이 시가 더 맞춤하게 여겨졌다.

고요한 호수*
그라치오소grazioso
파랑새가 날고 있다

한 잎 한 잎 갈앉는 세연世緣
옛 기억을 깁는 달빛

세상에
단하나뿐인
얼굴 하나
그리고 있다

* 유키구라모토의 피아노 곡명. 원제는 'calming(medicine) lake'

　　　　　　　　－「사랑을 위한 오브제」 전문